謎《なぞ》解《と》きカフェの事件《じけん》レシピ

ゆめぐるま

Recipe《レシピ》 1
ヒントはカフェに現《あらわ》れる？

作・田村理江　絵・pon-marsh

登場人物《とうじょうじんぶつ》

荒木大志《あらきたいし》（ハリー）
7月7日生まれ
かに座B型

花岡詩織《はなおかしおり》（詩織）
10月27日生まれ
さそり座O型

阪本《さかもと》 唯《ゆい》（ユッピ）
1月6日生まれ
やぎ座A型

大羽美沙《おおばみさ》（ミサ）
10月16日生まれ
てんびん座AB型

花岡真弓《はなおかまゆみ》（ママ）
8月30日生まれ
おとめ座A型

花岡健人《はなおかけんと》（パパ）
5月9日生まれ
おうし座O型

Mysterious House Cafe
Yumeguruma

Recipe 1

ヒントはカフェに現《あらわ》れる？

~ Story List~

Story 1

見かけだけじゃ、わからない！

Story 2

事件《じけん》のあとに、また事件

見かけだけじゃ、わからない！

「ただいまー！」

緑色のペンキでぬられたドアを開け、学校から帰ってくると、

「よっ、詩織《しおり》ちゃん！　おかえり」

「いつも元気ねぇ」

「今日は早かったじゃない」

たくさんの声が、わたしを出迎《でむか》えてくれる。

鼻をくすぐる、ほろにがいコーヒーの香《かお》り。

ここはわたしの家だけど、近所の人たちにとっては、お茶や食事を楽しむお店だ。

そう。わたしの家は、いわゆる「おうちカフェ」。もとはパパの両親、つまり、おじいちゃんたちの家だったのをちょこっと改造《かいぞう》した。

壁《かべ》を取りはらって玄関《げんかん》からすぐの二部屋を広げ、そこにお客さま用のテー

ブルが三つ。

オープン・キッチンだったのを利用して、ガス台や流し台の前に長いカウンターテーブルを置いた。

良くいえば「アットホーム」な、悪くいえば「あるものを寄《よ》せ集めて」できたカフェというわけ。

テーブルやイスがバラバラなのは、親せきや知り合いから、いらない家具をもらって使っているから。

窓《まど》にかかる桜色《さくらいろ》のカーテンは、ママの手ぬい。車輪の形をした木彫《きぼ》りの看《かん》板《ばん》は、パパの力作。まるっこい字で店の名前〈ゆめぐるま〉と、彫《ほ》られている。

ふんわりした優《やさ》しい色のカーテンはママっぽいし、どっしりした看板はパパっぽい。

作品はつくった人に似《に》るって、校内展覧会《こうないてんらんかい》の時に担任《たんにん》の青山《あおやま》先生も言ってたもんね。

ここは、繁華街《はんかがい》のスタイリッシュなカフェとは、ぜーんぜんちがう。

メニューだって、洋食のハンバーグあり、中華《ちゅうか》の春巻きあり、明太子《めんたいこ》おにぎりなんてのもあり。ママが、その時どきで考えた料理を、カフェ風にアレンジして出している。

繁華街のカフェのワンプレートディッシュとは、びみょうにちがう。だけど、この町にぴったりな、おいしくて、かわいいお店なんじゃないかな?

五つ先のバス停がにぎやかな繁華街なのに、このあたりは静かでのんびりムード。ビルもあるけど、古い家だって、たくさん残っている。

ハミング通りっていう小さな商店街《しょうてんがい》がそばにあるから、ほしい物はだいたいそこで買える。

「住みやすい町なんですよ」

ママが、よそから来たお客さんにじまんする気持ちが、よーくわかる。

そうそう、ママを紹介《しょうかい》しなきゃ。

さっきから忙《いそが》しそうに、カウンターで動きまわっているのが、わたしのママ。曜日ごとに色を変えた水玉のエプロンを身につけ、リボンを前で結ぶところがママのこだわり。

お客さんたちには、よく「美人ママ」「女優《じょゆう》さんみたい」とか言われるから、ほこらしい。まぁ、半分はおせじかもしれないけど。

お店の料理は、ほとんどママがひとりでつくっている。そのうえ、レジやお水を出すのも、たいていはママ。

パパだって、料理運びや掃除《そうじ》を手伝っているけど、ママの働きぶりにはかなわない。

「おかえり、詩織。おやつ、できてるわよ。手を洗《あら》ってらっしゃい」

「はーい」

コーヒーを飲んでいる顔見知りのおじさん、おばさんたちにペコリとあいさつしてから、わたしは自分の部屋へと急ぐ。

カウンターわきのクラシックカーをプリントした「のれん」をくぐると、二階へ続く細い階段《かいだん》がある。

お店の二階が、わたしたち家族の住まいだ。

ランドセルを置いて手を洗い、すぐにカウンターにもどった。

ママが冷蔵庫《れいぞうこ》から出してくれたのは、いちごのババロア。

薄《うす》いピンク色のババロアの上に、生クリームたっぷり。

その上に食べられる花が飾《かざ》ってある。

カウンターのすみで新聞を読んでいたおじさんが、チラッとこっちを見た。

そして、うらやましそうに言う。

「いいなぁ。花岡《はなおか》さんちに生まれてりゃ、毎日うまいもんが食べられる」

子どもみたいだなと思って、おかしかった。ちなみに、花岡って、わたしのみょう字。

ママの料理は、たしかにハズレがない。毎日のおやつは、見た目もかわいい手づくりスイーツ。言われてみると、ぜいたくな気もする。

いろんな料理を教えてもらえるし、ふつうのおうちよりも料理道具がそろっていて、自由に使える。

でも、でも……。

〝お店の子ならでは〟の苦労もあるんだよ。

友だちみたいに、ママといっしょにショッピングしたり、何日も旅行に出かけたりできない。

ゆっくりおしゃべりを聞いてもらえないし、宿題だって「あとでね」って言われて、まともに見てもらえないんだから。

でもね、わたしには勉強を教えてくれる力強い味方がいるんだ。

「こんにちはー」

ほら、やって来た。クラスメートの阪本唯《さかもとゆい》。

「ユッピ！　はやく、はやく」

わたしの一番のなかよし。

背《せ》はわたしより五センチ高く、姿勢が良くてピシッとしている。

いつも顔まわりの髪《かみ》をきっちり編《あ》みこんだツインテール。

わたしたちは、土日以外はたいてい〈ゆめぐるま〉でいっしょにおやつを食べ、宿題をやって、そのあと思いっきり遊ぶ。

「新しい学年になったら、算数がぐーんと難《むずか》しくなったねぇ」

わたしがため息をつくと、ユッピときたら、

「うん。でも、基本《きほん》の問題を覚えちゃえば、あとは似《に》たような問題ばっかりだよ」

なんて、サラリと言う。やっぱ、頭のいい子はちがうな。

「ねー、問一って、どの式を使ったらいいの？」

二学年下の弟がいるユッピは、面倒見《めんどうみ》がいい。

ちゃっかりユッピに教わりながら、宿題に取りかかろうとした。

と、その時、ドアベルの音が、ひときわ大きく鳴りひびいた。

パパが、スーパーのレジ袋《ぶくろ》を両手にいくつもぶら下げ、入って来た。材料の買い出しは、パパの担当《たんとう》だ。

「ふーっ、四月だってのに、暑い、暑い」

パパは力持ちだけど、太めで、あせっかき。寒くても上着なんか着ない。今日だって半そでT《ティー》シャツ姿だ。髪《かみ》も、寝ぐせがついたまま。

ママがサラサラの長い髪をきれいに結《ゆ》わいているのとは、大ちがい。

ママに選んでもらった服もあるくせに、ヨレヨレのTシャツばっかり着るんだから。

「あーあ。せっかく勉強しようとしてるのに、気が散るなぁ。ねぇ、ユッピ。先に遊ぼうか？」

ドリルを閉《と》じかけたら、ママが、

「じゃあ、二階でやれば？」

あくまで、宿題をやらせたがる。

「わかった、わかった。ここで、やるよ」

ふとドアのほうを見ると、パパの後ろから外国人の女の人が入ってきた。

ハッとして、思わず見つめてしまった。だって、すっごくキレイな人なんだもん。

モカブラウンのはだに、黒くてツヤのある長い髪。すいこまれそうなほど大きな瞳《ひとみ》。くっきりした赤い口紅。

スラリとのびた足は、びっくりするほど長い。からだにぴったりしたタンポポ色のTシャツが、よく似合っている。ため息が出るくらいカッコイイ。

となりでユッピも見とれていた。

「モデルさんかな？」

どこか、南の国の人だろうか？

パパがふり返りながら、

「ここが、ジャパニーズ一番の、デリーシャスな店でありまーす」

なんて、身ぶりも大げさに伝えている。

はずかしいなー、パパったら。

でも、その人はニコニコしながら、窓《まど》ぎわのテーブルについた。

「彼女《かのじょ》、地図を見ながら道で迷《まよ》ってたもんで、声かけたんだ。おいしい物が食べたいって言うから連れてきた」

パパがママに話しているのを聞いて、あきれてしまった。

「ジャパニーズ一番のデリーシャスって……よくもまぁ」

なのに、ママは大まじめにうなずき、サッとメニューやお水を運ぶ。

「うちの一番人気は、野菜いっぱいのカレーなんですよ」

指を組んでママの説明を聞く、美しすぎる女の人。その横顔をボーッとながめていたら、

「あんまりジロジロ見ちゃ、失礼だよ」

ユッピにヒジをつつかれた。

「う、うん。はやくドリル、終わらせなきゃね。一輪車、やる時間なくなっちゃうもん」

それなのに宿題タイムは、またまたドアベルの音に邪魔《じゃま》された。

今度はパパの時より大きな音だ。ものすごい力でドアを開けたにちがいない。

「あー！　ハリーだ！」

入ってきたのは、この春のクラスがえで同じクラスになったばかりの荒木《あらき》大志《たいし》だった。

「オッス！　おまえんち、店やってるって聞いたから、偵察《ていさつ》に来てやったぞ」

ズカズカとこっちに近づき、ユッピに、

「なんだ、おまえも偵察？」

と、気やすく肩《かた》をたたいた。そして、カウンターの中のパパとママをジロジロ見る。

「この人たち、おまえの親？」

うなずくと、

「花岡詩織は、オヤジ似《に》だな」

ニヤリとした。もー、失礼なやつだ。

口が悪くて乱暴《らんぼう》で、女の子の気持ちなんて、ぜんぜんわかってない男子。

「な、なんなのよ。食べに来たわけ？」

「だから言ったろ。偵察《ていさつ》さ。金、持ってねーし」

ハリネズミみたいに立たせた短い髪《かみ》をてのひらでクリクリいじり、店じゅうを見まわしている。大志は小柄《こがら》でハリネズミっぽいから、みんながハリーと呼《よ》ぶ。

キッチンからスパイシーなカレーのにおいがただよい出すと、窓《まど》ぎわの美

人さんが、

「ハーイ、シェフ！」

手をあげた。

「そのカレー、ブタ肉、入ってますか？」

イントネーションがびみょうにちがうけど、流ちょうな日本語で聞いている。

「ええ。今日のは、ブタ肉をたくさん入れてますけど――」

「オー！　ワタシ、ブタ肉、ダメです！　フィッシュにして下さーい」

なんと！　この人の国では、イスラム教の教えで「ブタ肉は食べ物ではない」とされているんだって。

それを聞いたハリーが、さわぎ出した。

「うそーっ！　肉食えないなんて、かわいそすぎる。しゃぶしゃぶとか、ステーキとか、しょうが焼きとか、サイコーなのに！」

カウンターの中から、パパがにが笑いしながら、

「きみ、きみ。もう少し、静かに」

と、えんりょがちにたしなめた。

「海外ではイスラム教だけじゃなく、ほかの宗教《しゅうきょう》でも、食べられない物が決まっている場合があるんだよ。日本にだって、健康のために野菜しか食べないベジタリアンってのもいるんだ」

「わたしも聞いたことがある」

うなずくユッピ。

「ふーん。そうかぁ」

ハリーも横目で美人さんのほうをチラチラ見ながら、わかったような顔をした。お店をやっていると、学校では教わらない知識《ちしき》がこんなふうに増《ふ》えて

くる良さもある。

「おっと、こんな時間」

壁《かべ》の時計を見上げたハリー。

「広場で星野《ほしの》たちと遊ぶ約束してたんだ」

わたしに向かって、

「今度は、ゆっくり食いに来てやるよ」

また短い髪《かみ》をクリクリしてみせた。そして、

「あ・ば・よ」

すばしっこく外へ飛び出していった。

ユッピは肩《かた》をすくめる。

「ハリーって、あっちこっち顔を出すね。去年、ハリーと同じクラスだった子が、『事件《じけん》を招《まね》く、おさわがせ男子ハリー』とか言ってたもん」

ついに宿題をやるのをあきらめたのか、ドリルをパタンと閉《と》じた。

「詩織、先に一輪車やろうか？」

「うんうん、そうこなくちゃ」

わたしは小走りに店を横切り、ドアを開けて待つ。

ママがシーフードシチューをアレンジして、美人さんのために作りかえたエビカレーのにおいが、うすく開けたドアから外まで流れていった。


クラスがえがあったばかりだから、休み時間はみんな、まだなんとなく、もとのクラスの子たちで固まっている。

休み時間、菊川奈々《きくかわなな》の席をかこんで、ナナの描《か》くじょうずな絵に見入っているのも、去年からのクラスメート。

ユッピとミサ、わたしの三人。

「これさぁ、顔はかわいいんだけど、服が地味じゃない？　もっとキラキラした感じ、ほしくない？」

ナナがサラリと描《か》いた女の子の絵に注文をつけたのは、大羽美沙《おおばみさ》だ。

「わたし、服のこと、あんまり知らないから……」

メガネっ子のナナは、落ち着いた感じのかっこうがすきで、性格《せいかく》もおとなしい。

「知らなくたって、雑誌《ざっし》とか見れば、いくらでもわかるじゃない。もっとフリルのついたワンピとかも描いてよ」

ナナと正反対なミサは、ゴージャス系《けい》のファッションがすきで、クラスでも目立つ存在《そんざい》。

ミサがきらびやかなシャンデリアだとしたら、ナナはほのかに優《やさ》しくともるランプ。わたしはランプも大すきだから、

「ナナの絵には、こういう服がいいんだよ。あったかな感じ」

と、味方する。

「そうだよ、ナナの個性だもん」

ユッピも、大人っぽい言い方で、ナナをかばった。

三対一で押《お》され気味《ぎみ》のミサは、負けまいと声を張《は》り上げる。

「あなたたちって、ほんっと、センスないわね！」

それきり、プイッと横を向いてしまった。

一瞬《いっしゅん》、あたりが静まり、近くにいたハリーのくだらないおしゃべりが聞こ

えてくる。

「やっぱ、肉だよな。最近の給食、魚ばっかじゃんか。ニクニクニクニク、あー、肉食いてぇ！　そういやさぁ、うちの団地《だんち》のそばに、行列のできるバーガー屋ができたんだぜ」

話し相手は、ハリーと仲がいい、星野仁《ほしのじん》だ。

星野君は、ほかの男子みたいに下品なことを言ったり、やったりしない。勉強ができて足もはやく、毎年リレーのアンカーをつとめている。

しかも、顔だちもスタイルもいいから、下級生たちにまで人気がある。

じつは、わたしだって……星野君のサラサラしたナナメ前髪《まえがみ》とか、スーッとした長い指とか、ひそかにイイナ♡と思い、隠《かく》れファンでいる。ユッピにだけは、告白しちゃってるけど。

ユッピは頭がいいのに、恋《こい》バナは、てんでダメ。近所の犬やネコも、クラスの男子たちも、みんなおんなじ顔に見えるって言うんだから、恋バナ以前の問題かも。

ま、だからこそ、安心して話を聞いてもらえるんだけどね。

その星野君が、ハリーのどうでもいいような話に、いちいちうなずいていた。

「行列のできる店か……。そりゃ、事実関係を確認《かくにん》する必要があるな」

青い手帳を出して、なにか書きこんでいる。

二人のようすを見るともなしに見ていたミサが、

「いいコンビだわ」

バカにした調子でつぶやいた。

ミサに言わせると、このクラスにはカッコイイ男子なんて「ひとりもいない」んだそうだ。

ハリーは問題外。なんでもできる星野君でさえ……。

「カタブツって言うのよ、ああいうのを」

と、ミサは手きびしい。確《たし》かに、星野君は「事実関係の確認《かくにん》」が口ぐせで、なにごとも正しくやらないと気がすまないようなところがある。

「クラスにいないなら、せめてナナの絵で恋《こい》をさせてよ。ね、次はキラキラしたイケメンを描《か》いて」

ミサのリクエストで、ふたたびナナのシャーペンが走りだした。


カッコイイと言えば、〈ゆめぐるま〉によく来るようになった、あの外国の美人さんは、わたしの憧《あこが》れの人だ。

名前はエリスさん。インドネシアのジャカルタという街《まち》から、やって来たんだって。

「ワタシのオネーサン、日本にリューガクしてます。ワタシ、オネーサンのところに、遊びに来ました」

はじめは大学生くらいかな？　と思ったけど、まだ十四歳《じゅうよんさい》と聞いて、びっくり。お化粧《けしょう》もしていてモデルさんみたいなのに、ぜんぜん気どってない。

「ここは、ジャパニーズ一番の、デリーシャスなお店！」

と、パパの言葉をマネして、〈ゆめぐるま〉をほめてくれる。

わたしたちは、すぐに友だちになった。

「ねえねえ、エリスさん。ジャカルタって、どんなふうなの？」

「日本とおんなじよぉ。大きなデパートあるよ。日本のごはん、売ってるお店も、いっぱいあるよ」

「へぇー」

「でも、道は、ジャカルタのほうが、車、いっぱい。デパートには、お祈りする部屋があるよ。イスラム教の人、決まった時間に、お祈《いの》りするから」

エリスさんは、日本語がじょうず。

小さなころから、おねえさんといっしょに動画サイトで日本のアニメを見ていたんだって。

大すきなアニメキャラのせりふを丸暗記するうちに、日本語が身についたらしい。

「日本、とーっても、イイとこです。だけど、ジャカルタもイイよ」

「お肉、食べられないのは、つまんないね」

今日も、ママ特製《とくせい》のエビカレーをたのんだエリスさん。なぐさめるように言うと、

「つまんなくなーいです」

エリスさんは、赤いくちびるでニコッとした。

「ほかに食べられるもの、いっぱいあるね。でも、ワタシの神さまは、ほかには、いない。ひとりだけ。だから、神さまの言うこと、きくね」

大きな口を開け、カレーをひとさじ、パクッと食べた。そして、

「ジャパニーズ一番の、デリーシャス！」

ソプラノでさけんだ。

すると、お店にいたほかのお客さんたちまで、

「デリーシャス！　デリーシャス！」

と、なぜか大合唱になった。

大人たちの悪《わる》ノリには、ちょっと引いてしまう。なのにエリスさんは、はじける笑顔で、いっしょに、

「デリーシャス！　オー、デリーシャス！」

って、歌っている。

エリスさんって、ステキな人だ。ここにいるだけで、まわりの誰《だれ》も彼《かれ》もを幸せにする。

遠い南の国にあるジャカルタという街《まち》が、だんだん身近に思えてきた。


週が明けて、エリスさんといっしょに撮《と》った写真を学校に持って行った。

「キレイでしょ、この人。友だちなんだぁ」

じまんすると、女子たちには、

「いいなー、外国の人と友だちになれるなんて」

うらやましがられた。

男子たちは先を争ってエリスさんの顔を見たがり、「すげー美人」と大はしゃぎ。もちろん、星野君は別だけど。

「エリスさんの住む街は、夜中でも車のクラクションがうるさいんだって。

それでもって、朝も四時半くらいから、コーランっていう日本で言うお経《きょう》みたいなのが、スピーカーで流れるんだって。だから、日本の夜や朝が静かで、びっくりしてたよ」

エリスさんから聞いたことを話すと、みんな目を輝《かがや》かせて聞いてくれる。外国に興味《きょうみ》シンシンなんだ。

クラスメートのひとりが、

「〈ゆめぐるま〉へ行ったら、わたしもエリスさんと友だちになれるかなあ？」

と聞くので、

「なれるよ。エリスさんは、とーってもフレンドリーだもん」

覚えたての英語をまじえて答えると、ほかの子たちも次つぎに「わたしも行く」「わたしも」と約束した。

となりでユッピが、

「商売はんじょうだね」

いっしょによろこんでくれた。

エリスさんが来る日を聞いておいて、その日にクラスメートたちをみんな呼《よ》んだら――――。〈ゆめぐるま〉が教室みたいになっちゃうなぁ、なんて想《そう》像《ぞう》してワクワク。

なのに、せっかくの気分をぶちこわす、空気の読めない男子が現《あらわ》れた。

もちろんハリーだ。

「あいつは悪者だぜ！」

大げさにマユを寄《よ》せ、ハリーが言う。

「うそつき女だぞ、だまされるな。どっから来たのかもわかんないやつと、つきあうな」

ハリーの口の悪さは知ってるけど、いきなりそんなことを言われちゃ、だまって聞き流すわけにはいかない。

「なんで、あんたがエリスさんのこと知ってるのよ。ろくに話したこともないでしょ？　勝手にエリスさんのこと、悪く言わないでよ」

「おまえんちに偵察《ていさつ》に行った時、あいつと会っただろ。あの時、肉は食わないって言ってたくせに、こないだ、新しくできたバーガー屋の前を通ったら、あいつが大口あけてバーガーを食ってたぞ。オレ、見たもん」

「……んんんん」

わたしはグッとこぶしをにぎり、勢《いきお》いをこめて言い返した。

「ハンバーガーって、お肉だけじゃないよ。フィッシュバーガーとか、野菜バーガーとかあるもん！」

「ざーんねーんでーしたー。あの店には、そんなメニュー、ありませーん！

ちゃーんと看板《かんばん》のメニュー表、見たもーん。フィッシュのフィの字も出てませーん。見てきたオレが言ってんだから、まちがいなし！」

勝ちほこったように言うハリーが、憎《にく》たらしい。

「そんな、エリスさん、ぜったいお肉、食べないって言ってたのに――。そんな――」

うろたえていると、もっとダメージをあたえるつもりか、ハリーがグンと近寄《ちかよ》ってきた。

「あいつには注意しろ」

と、耳元でピシャリ。

「ひとつうそをつくやつの話は、ぜんぶうそに決まってる」

意地悪く言い残し、教室から出ていってしまった。

クラスメートたちが、

「やっぱり……エリスさんに会うの、やめとこっかな」

ハリーのほうを信じて、さっきの約束を次つぎと取り消していく。

手の中のエリスさんの写真が、にじんできた。目にたまったなみだが、ポツンとひとつぶ、写真をぬらす。

「エリスさんは、ほんとに、いい人なのに……」

くやしくて、手がふるえる。

「でも、詩織。それをどう証明《しょうめい》するの？」

もっともなことをユッピに言われ、さらに落ちこんでしまう。わたしが知ってるのは、エリスさん自身の口から聞いた「エリスさん像《ぞう》」だけ。年はいくつとか、どんな街《まち》に住んでいるとか、どんな音楽がすきとか……。

聞かされたことを丸ごと信じた。もし、うそをつかれていても、わかりっこない。

わたしとエリスさんは、友だちなんかじゃなかったのかも。

そのことが一番、傷《きず》ついた。


「詩織ってば……」

下校の通学路、すぐそばにいるユッピの声が、遠く感じる。

「へっ?」

「へっ? じゃないよ。さっきから、なに話しかけても、反応《はんのう》ゼロ」

「だって……」

頭の中でハリーの声が、こだましてるんだもん。

エリスさんはうそつき、うそつき、うそつき……。

事情《じじょう》を知るユッピは、それ以上は聞いてこない。二人して、うつむきながら歩いた。

「詩織、気にすることないよ」

「……うん」

「ハリーの言うことなんか、あてにならないし」

「……うん」

「バーガーショップなら、たいていフィッシュバーガーがあるんじゃない？　ハリーって、うっかりミスが多いから、メニューを見落としてたのかも」

わたしはパッと顔を上げ、ユッピの手を取った。

「だよね。あいつ、黒板に書かれた連絡《れんらく》とか、ぜーんぜん見てなくて、忘《わす》れ物多いし」

「こないだ書道の道具と図工の道具をまちがえて持ってきて、先生に注意されてたね」

「うんうん。リコーダーの袋《ふくろ》にバナナ入れてきたこともあったし」

「あれは、ウケねらい」

ユッピが笑う。

「とにかく団地《だんち》のバーガーショップでメニューを見れば、すべてわかるよ」

「行く、行く。今すぐ行く！」

「えっ？　今？」

「事実関係の確認《かくにん》しなきゃ！」

星野君の口ぐせをマネして、ユッピをせかす。

わたしの住むマツバ台地区と、ハリーの住むフジミ団地地区の、ちょうど境目《さかいめ》に家があるユッピ。バーガーショップのオープンチラシも、ポストに入っていたらしく、場所はだいたいわかると言う。

「よし！　行こう！」

ランドセルのまま、二人でフジミ団地へ急いだ。

息切れしたころ、団地《だんち》の管理事務所《かんりじむしょ》の並《なら》びに、バーガーショップのポップな看板《かんばん》が見えてきた。うわさどおり、お店の外まで長い行列ができている。

「すごーい。みんな、おやつにバーガーを食べるのかな？」

おっと、感心している場合じゃない。

二人で列の一番最後についた。お店の入り口が、はるか遠い。

「うーん、じれったいなぁ」

足ぶみするわたし。ふいに、ユッピの人さし指がわたしの鼻先をチョンとなでた。

「落ち着け、落ち着け」

すると、不思議。気持ちが、ほんとに落ち着いてくる。

これは、ユッピの考えたおまじない、というか魔法《まほう》みたいなもの。効果《こうか》バツグンだ。

「明日の朝、フィッシュバーガーがあったことをハリーに知らせて、あやまってもらうんだぁ。ハリー、どんな顔するだろ？　ふふふ、楽しみぃ」

列は、なかなか進まない。団地の大時計が五分過《す》ぎ、十分過ぎ……。

並んで三十分が過ぎたころには、ユッピの魔法も切れていた。

「もー、待ちきれない！」

わたしはとうとう、前のお客さんにたずねていた。

「このお店、お肉以外のフィッシュバーガーとかも、あるんですよね？」

高校生くらいのおねえさんが、友だちといっしょに答えた。

「ないよ。お肉がじまんの店だもん」

あー。

たのみのつなが、プチンと切れた。

頭の中に、ハリーの「ほら見たことか」って顔が、くっきり浮《う》かぶ。

〈ゆめぐるま〉の片《かた》すみで、ぼんやりするわたしの背中《せなか》を、ママがポンッとたたいた。

「なにがあったか知らないけど、お料理したら気分が晴れるわよ」

ママに言わせると、なやみごとは、手を動かしているうちに忘《わす》れられるんだって。それには料理がぴったりらしい。

「さぁ、パパのおやつ、つくってあげて。今日はディナータイムにたくさん予約が入ってるから、パパの夕ごはんが遅《おそ》くなりそうなのよ。今、おやつを食べておかないと、パパがハラペコで激《げき》ヤセしちゃうでしょ」

〝おやつ〟と言ってもクッキーやチョコですませるわけじゃなく、パパの〝おやつ〟は、夕ごはん並《な》みだ。サッと食べられるパスタやピラフを、わたしがつくってあげることがある。

「ほらほら、はやく。ナポリタンがいいんじゃない？」

ママがせかす。

わたしを元気づけるためというより、なんだか都合《つごう》よくお手伝いをさせられているような気もするけど。とにかくキッチンへ向かった。

気分が乗らないままパスタをゆで、フライパンにオリーブオイルをひき、ナポリタンソースをからめた。

「できた」

頭の片すみでは、ずっとエリスさんのことを考えながらも、どうにかパパの〝おやつ〟を完成させた。

お皿にもりつけたあとのフライパンを片づけようとしたら、こげたパスタが数本、こびりついている。

「あーあ、やっちゃった」

いつもは、こげにくい加工がされたテフロンのフライパンを使うのに、今日はボーッとしていて、うっかり古い鉄のフライパンを使ってしまった。

「洗《あら》っとかなきゃ」

フライパンを持ち上げたひょうしに、目をうたがった。

「？」

中にくっついたパスタの形が、なんだかカタカナみたい。ていうか、カタカナそのもの。

「モドキ、って見えるなぁ」

一度そんなふうに感じてしまうと、パスタじゃなく、文字としか思えなくなるから不思議だ。

「なにこれー？　変なのー。モドキって、なに語だし」

しばらく見つめて、

「ま、いっか」

流し台に移《うつ》して、蛇口《じゃぐち》の水をザーッとフライパンに流しこむ。あとは力いっぱい、こする、こする。

「……今度、エリスさんと、いつ会うかなぁ。ゆううつだなぁ」

ママが後ろから、

「あら、もうきれいになってるじゃない。いつまで洗《あら》ってるの?」

フライパンをわたしの手から取りあげた。

土曜日。もうすぐお昼。

エリスさんは、土曜の午後に〈ゆめぐるま〉にやって来ることが多い。

今日も来ちゃうかもと思って、二階へ引きこもろうとしたら、ママにお手伝いをたのまれた。

「詩織のつくった牛乳《ぎゅうにゅう》かんをランチのデザートに出しましょう」

牛乳かんは、超簡単《ちょうかんたん》。あたためたミルクに粉寒天《こなかんてん》をよーくとかし、お砂糖《さとう》とバニラエッセンスを加えるだけ。あとは型にそそいで、冷蔵庫《れいぞうこ》で固めれば完成だ。

今朝、たくさんつくって、冷蔵庫で冷やしておいた。それを小皿に分け、かんづめのミカンをそえたら、立派《りっぱ》なデザートのできあがり！

エプロンをつけ、お客さんたちに小皿を運んでいたら、

「あ……」

エリスさんが入ってきた。

「ハーイ、詩織！」

「い、いらっしゃいませ」

あきらかにぎこちない態度《たいど》なのに、エリスさんはいつもと変わらない笑顔で、窓《まど》ぎわのテーブルについた。

注文したのは、今日もエビカレー。

ハリーに聞いたことを直接《ちょくせつ》エリスさんに確《たし》かめてみれば、それですべて解《かい》決《けつ》なんだけど、こわくて聞けない。

お店が混《こ》んでいてエリスさんと話す時間がないのが、かえってうれしい。

店員モードになりきって、エリスさんの食べ終わったお皿を片《かた》づけに行くと、

「これ、デリーシャス！」

エリスさんが、牛乳《ぎゅうにゅう》かんの小皿を指さした。ほめられたのがうれしくて、思わず、

「わたしがつくったんです」

って、言ってしまった。

「バグース！」

とびきりの笑顔で、エリスさんがさけんだ。インドネシア語で「すばらしい」っていう意味なんだって。

「日本語の学校で、オリガミ、習った。ムズカシイ！でも、ワタシ、ガンバった」

わたしのポケットに、サッと緑色の折り紙をすべりこませた。

「じゃ、ね。また、来るよ！」


キッチンにもどって、ポケットから折り紙を出してみたら、きれいに折られた「おうち」。

屋根のところに、ちゃんと日本語で〈ゆめぐるま〉と書かれていた。

折り紙をにぎりしめ、わたしは思う。

「エリスさんを信じよう！」

あの笑顔に、うそがまじってるなんて考えられない。

エリスさんがうそつきだとしたら、世の中のみんなが信じられなくなる。

でも……。

「だとしたら、うそつきはハリーのほう？」

あいつはお調子ものだし、ユッピの言うとおり、うっかりミスが多い。

うまいうそがつけるほど、頭もよくない。

まだ、おんなじクラスになって、そんなに時間はたってないけど、あいつのバカ正直な性格《せいかく》は、わたしもクラスのみんなも認《みと》めている。

「エリスさんもハリーも、どっちもうそをついてないとしたら……」

やっぱりハンバーガーに、なぞを解《と》くカギがあるんじゃないか？

「だからこそ、あのお店にフィッシュバーガーがあってほしかった！」

でも、現実《げんじつ》にはなかった。

事実は曲げられない。

「う――――ん」

考える力、もう限界《げんかい》！

ベッドに倒《たお》れこむと、窓《まど》ぎわのタンスの上に置かれた、ぬいぐるみが目に入った。

フワフワの布でできた動物たちが、ぎっしり並《なら》んでいる。

横浜《よこはま》のおばあちゃんが、誕生日《たんじょうび》やお正月やクリスマスなんかのたびにプレゼントしてくれて、増《ふ》えていったもの。

ワンちゃんもいる、ネコちゃんもいる。ウサギも、リスも、ヒヨコも、ウシも、ブタも……。

「そういえば――お肉って、牛とか、ブタとか、トリとか、種類があったよね？」

エリスさんが初めて〈ゆめぐるま〉に来た時、食べられないのは「ブタ肉」って言ってたっけ。

「じゃあ、牛肉や、トリ肉ならいいんだ！」

ベッドからとび起き、キッチンにかけこんだ。

「ママー！　ハンバーグって、なんのお肉でつくる？」

「ひき肉よ」

ディナータイムの準備《じゅんび》で忙《いそが》しそうなママが、短く答えた。

「そうじゃなくて、お肉の種類を聞いてるの」

「うちは、あいびき肉」

「あいびきって？」

牛肉とブタ肉を混《ま》ぜて、ミンチ状《じょう》にしたものらしい。

「ブタ肉をぜんぜん使わないハンバーグって、あるの？」

「もちろんよ。黒毛和牛《くろげわぎゅう》百パーセントのハンバーグなんて、おいしいわよ」

それだ！

なぞが解《と》けた！

今度こそ、エリスさんがうそつきじゃないって証明《しょうめい》できそう！

ハリーが見たエリスさんのバーガーは、牛肉のバーガーだったにちがいない。


よく日、はずむ足どりで学校へ行った。

ハリーがはやく来ないか待ちかまえていたら、ろうかから星野君の声が聞こえてきた。

「昨日、例のバーガー屋へ事実関係の確認《かくにん》に行ってきた」

わたしの耳が、グンと大きくなる。

どうだった？　とたずねる男子たちに、星野君が答えた。

「うわさは真実だった。ひだまり高原で育ったブタ『ひだまりポーク』っていうブランド肉だけを使ったこだわりバーガーで、味、ひじょうに良し」

その瞬間《しゅんかん》、わたしの考えた推理《すいり》は、あっけなくくずれていった。

でも、でも……。

信じられない。信じたくない。

エリスさんが悪者だなんて。

「最近の給食は、魚が多いぞ」

ハリーが文句を言ってたことがあったけど、今日の献立《こんだて》はひさしぶりにハンバーグだった。よりによって、こんな時に……。

ハンバーグなんて見たくもないって思ってるのに、おなかは勝手にグルルルと鳴り出す。しょうがない。意地を張《は》らずに、食べようか。

ひと口、食べたら、

「うん、おいしい！」

はなれた五班《ごはん》のハリーが、

「しょうゆ味のハンバーグもイケるぜ」

なんて、さわいでいるのが、わたしの席まで聞こえてくる。

となりの一班《いっぱん》からは、ミサの高い声。

「うちで買うハンバーグは、絶対《ぜったい》キング・ミート。あそこは、最高級のお肉を使ってるのよ」

〈ゆめぐるま〉では、ママが丁寧《ていねい》に煮《に》こんだデミグラスソースをたっぷりかけて食べるのが、お約束。

でも、今日みたいにさっぱりした和風味も、なかなかおいしいな。

担任《たんにん》の青山先生は、みんなが残さず食べているようすをにこやかに見まわして、なんだかゆかいそうに話し出した。

「みんな、お肉が大すきねぇ」

赤いメガネがトレードマークで、のんびりした話し方をするおばあちゃん先生だ。

「今日のハンバーグ、おいしいでしょ？」

そして、

「でも、じつはこれ、お肉じゃないのよ」

と、衝撃的《しょうげきてき》なことを言った。

教室中から、「えーっ」とおどろきの声があがる。

「これは、お豆腐《とうふ》でつくったハンバーグ。お豆腐もお肉も、同じように人間の身体《からだ》をつくるタンパク質《しつ》という大事な栄養なの。だけど、みんな、お豆腐が出ると、つまらなそうな顔をするでしょ？」

誰《だれ》かが、

「でも、豆腐は白いのに、これ、肉の色してるよ」

と、不思議そうに聞く。

先生は、その質問《しつもん》を待っていたかのように説明を始めた。

「お豆腐をくずして、本物のハンバーグをつくる時と同じように、タマゴやパン粉をまぜ、味つけしてから焼くの。茶色く焼き目がつくと、お肉らしくなるわね」

みんな、まだポカンとしている。

「こういう、本物とは別の材料を使って、本物そっくりな料理をつくることを……」

先生は立ち上がり、メガネのズレを直してから、黒板に大きく文字を書いた。

「なーんちゃって料理」

先生らしくない言葉に、みんながゲラゲラ笑い出した。

そのさわぎをおさえようと、青山先生が両手をパンパンたたく。

「笑い話じゃないのよ。これは、大まじめな話。たとえば、お肉ひとつとっても、世界には宗教上《しゅうきょうじょう》の理由で食べられない人もいるし、健康のために食べたくないっていう人もいる。お肉は高いから買いたくないっていう人だっている。そういう人たちのために、なーんちゃって料理は工夫されているの」

そういえば、パパも前に同じようなことを言ってたっけ。

わたしは、お皿に残っているハンバーグをあらためて見つめた。まったく別の材料でそっくりな料理ができちゃうなんて、マジックみたい。

「なーんちゃって料理は、じつは古くから日本にあったの。お寺のお坊《ぼう》さんが食べているごはんを『精進料理《しょうじんりょうり》』って言うんだけど、仏教《ぶっきょう》では動物でも魚でも、生き物を殺すことがいけないこととされているのね。だから、お肉やお魚をいっさい使わない」

「えーっ？　ほんとー？」

「じゃ、なに食べるの？」

なんて声が、あちこちであがる。

「かわりに豆類を使って、お肉やお魚みたいなおかずをつくるのよ。『がんもどき』なんかも、お豆腐《とうふ》をつぶしてつくられるのよ」

おでんに入っている「がんもどき」は、味がしみこんでて、とってもおいしい。

あれがなにからできているかなんて、考えたこともなかった。お豆腐でできているなんて、うそみたい。

先生は、またメガネのズレを直し、話を続けた。

「なーんちゃって料理は、『もどき料理』ともいうわね。聞きなれない言葉だけれど、『もどき』というのは『〜のようなもの』っていう意味なの。本物にかぎりなく近くて、本物みたいにおいしい料理、探《さが》せば意外と身近にあるものよ。どう？　おいしいでしょ？」

えっ？

もどき料理？

どっかで聞いたことがあるような……。

どこでだったっけ？

『うーん……。もどき料理……。宗教上《しゅうきょうじょう》の理由で、お肉を食べられない人でも食べられる……？』

わたしの頭、フル回転。

そうだ！

あの、古いフライパン！

こびりついていたパスタが、モドキって文字に見えたのを思い出した。

あのフライパンを使って料理をしてた時、エリスさんのことを必死で考えていたっけ。

エリスさんがうそつきなんて、そんなはずないって思いながら。

今でも、その気持ちは変わらない。

いくつもの手がかりが消えていっても、エリスさんの笑顔や言葉や、プレゼントしてくれた折り紙のあたたかさを信じたい。

そうよ、どう考えたって、エリスさんはうそをつくような人じゃない。あんなにイキイキと神さまのことを語っていた。心からの言葉だった。

なら、うそつきなのは、やっぱりハリーのほう?

ううん。あいつは悪口を言うけど、根は正直者だってこと、よーくわかっている。

だったら――。

エリスさんは、新しくできたお店のバーガーを本当に食べたんだ。

ハリーは、それを本当に見た。

その時のバーガーは、ひょっとして……。


その夜、閉店《へいてん》まぎわの夜八時。

〈ゆめぐるま〉にお客さんが飛びこんできた。

息を切らせたハリーだった。

「ごめんっ！」

いきなり、わたしに向かって、おでこがひざにくっつくくらい深く頭を下げた。

「マジで、ごめん。あやまる。すんません！」

「えっ、なに？　どうしたの？」

「おまえの友だちのこと、けなして、ごめん。えーっと、なんてったっけ、エイミじゃなく、エロイじゃなく……」

「エリスさん？」

「そうそう、エリスさんのこと」

いつものチャラけたハリーじゃなく真剣《しんけん》な顔だから、とまどってしまう。

「阪本《さかもと》から聞いたんだ。おまえが放課後、バーガー屋にすっ飛んで行ったたっ

て。オレも気になって、さっき、あそこの店で聞いてきた。なーんちゃって
バーガーをつくってるかって」
わたしは、ハリーに向かって親指をつき立てた。
「どうよ？　わたしの推理力《すいりりょく》」
胸《むね》をそらしてみせる。
「店員さんが教えてくれたのよ。あのお店のまわりは大学が多くて、留学生《りゅうがくせい》
もたくさんいる。だから、エリスさんみたいに食べられない物がある人のた
めに、お肉もどきバーガーを特別につくってるって」
「うんうん。エリスさんが食ってたのは、今日の給食みたいな豆腐《とうふ》バーガー
だったんだ」
「食べ物にアレルギーがある人や、お肉がキライな人にも、ウケてるらしい
よ。それが人気店の秘密《ひみつ》なのかな？」

めずらしくハリーが、シュンとして言った。

「よーく見たら、メニューにも出てたしな」

「『ひだまりポーク』ってことばかり宣伝《せんでん》してるから、気がつかないね。わたし、おみやげとして、もどきバーガーを注文したんだ。パパったら、ぜんぜんわかんなかったよ」

「オレも弟に買ってやった。そしたら弟のやつ、ニクだニクだって、大よろこびでさ」

「あんなにうまく化《ば》けてたら、誰《だれ》だってわからないよね」

「――――花岡」

ふいにハリーがそばに寄《よ》ってきた。

「な、なによ」

「オレのこと、なぐっていいぜ」

しおらしく、ほっぺたを差し出す。ホンモノのバカなんじゃないの？

「やだ。わたしの手のほうが痛《いた》くなる」

笑ってカウンターに逃《に》げこんだ。お店の掃除《そうじ》をしながら、二人の話を聞いていたパパが、

「かわりに、ぼくがなぐってやろうか？」

と、おどけて身を乗り出した。ハリーがあわてて、首を横にブンブンふる。

いつもとちがい、ちぢこまった姿《すがた》がゆかいだった。

ママは、パパのでっぱったお腹《なか》をポンッとたたく。

「あなた、ふざけすぎ」

それからハリーには、

「これ、サービスよ」

お店で人気のフルーツパフェをふるまった。

「ありがとうございます、おばさん」

ハリーが、学校で見せるような明るい笑顔にもどった。

帰りぎわ、ドアのところまで見送る。ドアが閉《し》まるすんぜん、ハリーはそっぽを向いたまま、口の中でゴチャゴチャつぶやいた。

聞こえてないと思ったんだろうけど、ちゃんと聞こえてたよ。

「今度は花岡の料理、食ってやるよ」

そう言ったんだよね？


部屋へ上がる前に、わたしはキッチンにしのびこみ、壁《かべ》にかかった鉄のフライパンを持ってみた。千里《せんり》おばあちゃんの代から使っていたという古びたフライパンは、ずっしり重たい。

ママのお母さんである千里おばあちゃんは、わたしがまだ赤ちゃんの時に天国へ行ってしまった。だから、顔もよく知らない。けど、こうして、わたしたちは時をこえて同じ物にふれている。不思議だなぁ。

不思議といえば、あの時、ここに文字が見えた気がしたけど……。

まさか、ね。

ただのぐうぜんに決まってる。世の中には、そんなこともあるのかもしれない。

土曜日の午後。

エリスさんが〈ゆめぐるま〉にやって来た。エリスさんはいつもと変わらない笑顔で、

「ワタシ、もうすぐ、国に帰るのよ」

なんて、いきなりサヨナラを切り出した。ジャカルタの学校で、また勉強の日々なんだって。

「エリスさんがいなくなっちゃうなんて、さびしいよぉ」

ふさぎこむと、

「また、すぐ、日本に来るね」

エリスさんにギュッとだきしめられた。

「詩織は、ワタシの友だち。ワタシ、日本、大スキね。この町も、大スキ。静かで、きれい。それに、このアットホームなお店、大スキ！」

「ありがとう。うれしい！」

「日本は、季節があるのもイイ。ジャカルタは、いつも夏だよ」

「わたし、夏がだーいすき！」

「じゃあ、ジャカルタに、いつでも来てよ」

なごりおしいけど、エリスさんはママのエビカレーを食べたあと、帰っていった。

「ジャパニーズ一番の、デリーシャス！　いつか、また来るよ」

なん度もなん度も、手をふりながら。

事《じ》件《けん》のあとに、また事件

桜《さくら》の季節に入ってきた一年生もすっかり学校になれて、ランドセル姿《すがた》がサマになってきた。毎年、この時期になると、マツバ台町内会では『一年生と遊ぶ会』が開かれる。

この地区に住む上級生たちが、大人の手を借りず、すべて準備《じゅんび》する手づくりパーティだ。

ちょうど一週間後、来週の日曜日がパーティ本番。今日は学年ごとに時間をずらして集まり、準備を進めることになった。

朝九時。

会場の『マツバ台会館』に集まった同じ学年のメンバーは、わたしと親友のユッピ。それにミサと、ミサのおさななじみのモン。

今はとなりのクラスだけど、去年までハリーとクラスメートだったモンが、

「荒木大志《あらきたいし》と地区がいっしょじゃなくて、よかったぁ」

なんて、しみじみと言った。

モンの本名は、中村文子《なかむらふみこ》。文という字を音読みでモンと読み、それがフランス語っぽいからって、自分でニックネームを広めたらしい。

「だよねー」

わたしも大きくうなずく。

「あいつがいると、めちゃくちゃになりそう」

マツバ台地区とハリーのいるフジミ団地《だんち》地区との境目《さかいめ》に住んでいるユッピは、ハリーの情報《じょうほう》をいち早くキャッチしている。

「フジミ団地の『一年生と遊ぶ会』も、うちらと同じ来週の日曜なのに、あいつったらサッカークラブで忙《いそが》しいとか言って、一度も準備《じゅんび》に出ないんだってよ」

それを聞いたミサが、

「えーっ、ずるい！　わたしだってバレエ教室、休んだのにぃ」

と、くやしがる。

「だいたいさぁ、会場の準備なんて地味な仕事、なんで、わたしがやらなきゃならないの？　こんな古い会館、いくら飾《かざ》りつけたって、きれいになりっこないのに」

マツバ台会館は、町内の人たちが行事や相談ごとなんかのために集まる場所で、確《たし》かに古い。『いこいの広場』と名づけられた、ベンチがぽつんとあるだけのムダに広い空き地のすみに、壊《こわ》れそうに建っている。会館というよりは、木造《もくぞう》の小屋だ。

薄《うす》っぺらな茶色いドアには、いちおうカギがついているけど、足でけとばせば簡単《かんたん》に開いちゃいそう。もちろん今日はけとばしたわけじゃなく、近所に住む地区リーダーが先に来て、開けておいてくれたんだけどね。

会館の中は、ガランとした教室ひとつ分くらいのスペースがあるだけ。窓《まど》が少ないから薄暗《うすぐら》く、板ばりのゆかが寒々しい。人が集まる場所なのに、すわるイスも、クッションさえもない。

奥《おく》の壁《かべ》に、町内の運動会で使うための竹馬とか、掲示板《けいじばん》がわりのベニヤ板が立てかけられ、フックには、たくさんのなわ跳《と》びが引っかかっている。

どれも古びた道具で、ミサみたいなオシャレ系《けい》女子のテンションが上がりそうな物は、ひとつもない。

「せっかくのお休みをつぶして集まったんだもん。さっさと仕事、やっちゃおうよ」

ジーンズ姿《すがた》のわたしとユッピがゆかにペタンとすわると、ミサが顔をしかめた。

「この服で、そんなホコリっぽいとこに、すわれると思う？」

まっ白なレースを重ねたフワフワのスカートを、ゆらしてみせる。

「新しい服？　似合《にあ》ってるぅ」

モンがちょっとほめたら、ミサは満足そうにうなずいた。

「これ、日本のじゃなく、ベルギーのレースなのよ。ヨーロッパの王室でも使われてるレースなの」

「すごいねー。高そう」

と、わたしたち三人。

「まーね」

ミサが得意になって答えた。

「昨日の雨で道がまだグチャグチャだったから、シミがつかないように、すごーく気をつけて歩いてきたのよ。それなのに、こんなとこで汚《よご》したらサイアクでしょ」

いる。

「絶対《ぜったい》に立ってる」と言い張《は》る。ミサと仲のいいモンも、つき合って立ってモンは、フランス国旗みたいな赤白青のストライプが入ったカバンから、スマホを取り出すと、ミサに見せ始めた。

「ねねね、かわいいでしょ？　すぐそこにいたんだよ」

どうやら、スマホで撮《と》った写真を見せているようだ。

「なになに？　見たい、見たい」

つられて、わたしも立ち上がる。

「ネコちゃんだよ。『いこいの広場』のまわりに、いっぱいいたよ」

「白ネコだね、かっわいい！　いいなぁ、写真がすぐ撮れて。わたしもスマホ、ほしいなぁ」

ミサも、モンに負けじと、

「わたしの画像も見る？」

ピンクゴールドのカバーをつけたスマホをかざし、画面をわたしに向けた。

「なに、これ、カッコイイ！」

青いチェックのキュロットをはいたミサが、敬礼《けいれい》のポーズでさっそうと写っている。肩飾《かたかざ》りやワッペンがついた白いブラウスに、緑のストライプのスカーフを結び、カウボーイハットみたいなものまでかぶって。

「スカートじゃないミサって、めずらしいね」

ユッピも画面をのぞきこむ。

「あ、これ、ガールスカウトの制服《せいふく》だ。ミサって、入ってるんだっけ？」

「ちがう、ちがう。入ってるのはモンのおねーさん。ね」

ミサがモンに目くばせする。

「うん。こないだミサが遊びに来た時、おねえちゃんに制服を借りて、写真モンの中学生のおねえさんは、小さいころからガールスカウトとして活躍《かつやく》しているらしい。

「いいよね、モンのおねーさんは。うちのおねーちゃんったら、日焼けと力仕事が大キライだから、アウトドアはダメなのよ」

なるほどね。ミサのおねえさんなら、キュロットなんか、はかなそうだな。

わたしは画面を見ながら、モンにたずねた。

「ガールスカウトって、どんなことするの？」

「えーっと、うーんっと、なんて言ったらいいのか……」

説明しづらそうなモンのかわりに、ユッピが、

「学校外の女の子のクラブみたいなイメージかな？」

と、答える。

「人のためになることや、自然を大切にするようなことを、自分たちの力だけでやるんでしょ？」

「そうそう、それ。昔、イギリスで始まった活動なんだって」

モンはスマホの画面をタップし、ネコちゃんの写真を、うっそうとした森の写真へ変えた。

「こないだなんか、おねえちゃんたち、こんな山奥《やまおく》でキャンプしたんだよ」

熱心に見ていたユッピが、

「ガールスカウトの人たちって、どんな場所でも、ごはんをつくったり、テントを張《は》ったり、できるんだよね？」

と、興味《きょうみ》深そうに聞いた。

モンは大きくうなずき、話を続ける。

「山に落ちてる丸太とか枝で、テーブルまでつくっちゃうんだよ。カートンドッグっていって、牛乳《ぎゅうにゅう》パックで簡単《かんたん》にホットドッグができる方法も、おねえちゃんから教わったよ」

「ミサのこのポーズも、なんか意味があるの？」

わたしが聞いたら、今度はミサが胸《むね》をはって答えた。

「指三本をおでこにあてたポーズは、おじぎがわりになるの」

モンのおねえさんに習ったんだろう。けっこうキマってる。

ガールスカウトの話に感心したり、ネコちゃんの写真のかわいさに感動したり。四人はすっかり、おしゃべりに夢中《むちゅう》になっていた――。

けど、

「あっ、こんなこと、やってる場合じゃない」

ユッピのひと言で、みんな、われに返った。

パーティの準備《じゅんび》という、かんじんの大仕事がぜんぜん進んでいない。

わたしも、ようやく〝やる気モード〟になってきた。

「はやく、やっちゃお。ユッピ、会場に飾《かざ》るお花を紙でいっぱいつくればいいんだよね？」

ユッピが、六年生の地区リーダーから配られた「役割表《やくわりひょう》」を確認《かくにん》する。

「お花をつくる材料は、午前中にサブリーダーが持ってきてくれるって書いてある。実際《じっさい》の作業は、それからだね。あわてない、あわてない」

わたしの鼻先を人さし指でチョンとなで、ブレーキをかけた。

「わかった。じゃあ、あと、やることは……」

モンが、わたしの言葉をつなぐ。

「あずかった町会のお金で、一年生へのプレゼントを用意すること」

「うんうん。商店街《しょうてんがい》に買い物へ行かなきゃね。一人三百円で、なにが買えるかなぁ？　いい物は売り切れちゃうよ。急がなきゃ」

ゆかに置いてあったショルダーバッグを、すぐに肩《かた》にかけた。

「そうだね、行こう」

ユッピとモンも、ドアに足を向けた時、

「待ってよ」

ミサが引き止めた。

「荷物持って買い物って、面倒《めんどう》じゃない？　二手に分かれようよ。買い物係と、ここで荷物を見張《みは》る係」

三人とも「いいね」と、すぐに賛成《さんせい》した。

カバンにはハサミやら色えんぴつやら、準備《じゅんび》のためのいろんな道具が入っていて、けっこう重たい。

さらにミサは、

「ねえ。買い物は、詩織《しおり》と唯《ゆい》にたのもうよ」

と、モンのひじをつついた。

「だってほら、詩織んちのカフェは、商店街《しょうてんがい》の人たちに知られてるだろうから、おまけしてもらえるかも」

なんだか〈ゆめぐるま〉が有名店だとほめられた気がして、

「オッケー。まかせといて。ユッピ、いいよね？」

二人での買い物係を快《こころよ》く引き受けた。

ミサとモンに見送られ、ハミング通りの商店街へと歩き出す。

「なーに買おうかなぁ？　なんか、プレゼント選びって楽しいよね！　一年生がすきそうなもの、探《さが》すぞー！」

ウキウキするわたしとは反対に、ユッピは不満そうな顔。

「まんまとミサのプランにハマったね」

「プランって？」

「あの二人、今ごろ、いっしょにスマホゲームやってるよ。ミサったら、口がうまいんだから」

なるほどー。遊びたいために、スマホを持たないわたしたちを追いはらったってわけかぁ。時間も、たっぷりあるし。

「でも、いいもん」

プレゼント選びは、ほんとにすきなんだ。誰《だれ》かによろこんでもらえると、わたしもうれしくなってくるから。

「買い物のほうが、ずーーっと楽しいよ。とくにユッピといっしょならね」

「だよね」

ユッピも、やっと笑顔になった。

あれは、どう？　これもいいな。

でも、やっぱり、こっちかなぁ……。

なんて、百円ショップや雑貨屋《ざっかや》さんを何軒《なんけん》もハシゴしているうちに、

「オッス！」

ぐうぜん、ハリーと星野君に出くわした。商店街《しょうてんがい》のおかし屋さんで買ったのか、二人ともチュロスなんか食べながら歩いている。

「ハリー。サッカークラブじゃなかったの？」

「オレ、そんなクラブ、入ってねーし」

うそをつくやつは、どうのこうのって言ったのは、どこの誰《だれ》？

わたしがあきれると、ユッピが先生みたいにハリーをしかる。

「なら、『一年生と遊ぶ会』を手伝いなさい」

「あ、やっぱ、オレ、サッカークラブだった。さぁ、練習、行くぞー！　行くぞー！」

星野君が一言もしゃべらないうちに、引っ張《ぱ》って去っていった。

あーあ。星野君とは話をしたかったんだけどな。

「詩織、もうこんな時間」

ユッピに腕時計《うでどけい》を見せられ、おどろいた。

お昼に近い。もう二時間近くも商店街にいたことになる。

早く決めなきゃ、と思うそばから、

「ぬいぐるみ風のペットボトルホルダーか、ケーキ型にたためるタオルハンカチか。あー、どっちもかわいすぎて、決めらんない……」

迷《まよ》ってばかり。結局、「ユッピ、決めてよ」と、またユッピにたよってしまった。

「なら、ペットボトルカバーかな。女の子にはウサギさん、男の子にはライオンさんの」

「いいね。ケーキだと、男の子向きを探《さが》すのが難《むずか》しいもんね」

一年生五人分のプレゼントを、どうにかこうにか買い終えて、帰り道を急いだ。

マツバ台会館の茶色いドアが見えてきて、さぁ、やれやれ。

と、思ったら――――。

「詩織！　唯！　たいへんよ！」

ドアロで待っていたミサとモンが、青ざめた顔でわたしたちを呼《よ》んだ。

「どうしたの？」

ミサたちが答えなくても、会館の中に一歩入ったとたん、「たいへん」の意味がわかった。

「いったい、どうしちゃったの、これ……」

何百枚という色とりどりの薄《うす》い紙が、ゆか一面にバラまかれている。

まるで色紙の海みたい！

中には、汚《きたな》らしくグチャグチャに丸まったものまである。散らかり放題とは、このことだ。

息をのんで、思わず聞いてしまった。

「まさか、あなたたちが……やったの？」

ミサとモンは、同時に首を横にふった。

「ち、ちがうわよ。詩織たちの帰りが、あんまり遅《おそ》いから……。心配して、ちょっと外へ出たら……。ねぇっ、モン」

「う、うん」

「帰ってきた時には、こんなになってて、びっくりしちゃって……」

どろぼうに入られたんじゃないかと、四人でふるえあがった。

けど、少し落ち着いてきたら、みんなのカバンやリュックがそのまま残っているのに気がついた。

中身を確《たし》かめたところ、取られているものは、なにもなかった。

最初から会館にあった運動会用の道具なんかも、さっきより乱《みだ》れた感じに置かれている気はするけど、消えているものはなさそうだ。

「これ、飾《かざ》りをつくるための紙だよ。『お花紙《はながみ》』っていうアートペーパー」

ユッピが、散らばった薄《うす》い色紙を拾いあげた。そして、みんなに、

「とりあえず、ぜんぶ拾おう」

と、呼《よ》びかけた。

ティッシュペーパーみたいに薄くて、つかみづらい紙が、何百枚も落ちているんだから、四人で拾ってもかなりの時間がかかる。

拾いながら、わたしは考え始めた。

「この色紙を届《とど》けに来たのは、サブリーダーだよね。ちょうどミサとモンが

外へ出てる間だったのかぁ」

ミサが、引きつった顔で言う。

「外にいたのは、ちょっとだけよ」

モンも、

「あんな短い時間に、変な人が入りこんだのかしら？」

と、身ぶるいした。

このあたりは、のんびりし過《す》ぎているほど平和な地区だと思っていた。

だけど、そういえば最近、全校集会の時なんかに、先生が「あやしい人に注意」と呼《よ》びかけていたっけ。

平和に見えても、百パーセント安全な場所なんか、あるわけない。

「やだ、こわーい！」

誰《だれ》からともなく、さけび声があがり、みんなでお花紙《はながみ》の海の中にヘナヘナとすわりこんだ。

すると、丸まったお花紙が、わたしのひざにカサッとふれた。

「ん？」

手をのばし、ボール状《じょう》の紙を引き寄《よ》せた。

「んんん？」

クシャクシャに丸まった紙を広げてみる。

「なにしてんの？　詩織」

ユッピの問いかけには答えず、紙を見つめる。

やっぱりだ。この散らかし方は、ふつうの人のやり方じゃない。

「ユッピ、わかったよ！」

わたしは明るい声で立ち上がった。三人の視線《しせん》がいっせいに集まる。

「なにがわかったの？」

「犯人《はんにん》に決まってるでしょ」

「だ、誰《だれ》なのよ？」

興奮《こうふん》したミサに肩《かた》をゆさぶられても、わたしは落ち着きはらった態度《たいど》をくずさない。しわクチャのお花紙《はながみ》を広げ、みんなの前に差し出す。

うーん、名探偵《めいたんてい》になった気分！

「ほら、ここを見て。茶色いスタンプみたいなのが、いくつもついてるでしょ？」

「あっ、これって……」

モンがまっ先に答えた。

「ネコちゃんの足あとみたい」

「そう！　犯人はネコなのよ。モンが言ってたじゃない、会館のまわりに、ネコがたくさんいたって」

「うん。いたよ」

「会館のドアが少し開いてて、ネコが何匹《なんびき》か遊びに来たのよ。そこにお花紙《はながみ》の束が積んであったもんだから――」

ネコが走りまわるたびに散らばり、グチャグチャにふまれたり、バラバラにまき散らされたりしたんだろう。

昨夜の雨で道がぬかるんでいなかったら、こんな足あとのスタンプはつかず、犯人《はんにん》はわからずじまいだったかもしれない。

「すごいじゃない！　詩織が事件《じけん》を解決《かいけつ》した！　シャーロック・ホームズみたい」

ユッピが手をたたく。

つられて、ミサとモンも、はくしゅ。

「ふっふっふっ、それほどでも」

照《て》れくさかったけど、いい気分だ。

すっきり事件が解決したあとは、四人でせっせとお花紙を集めた。猛《もう》スピードでペーパーフラワーをつくったから、午後に上級生グループが来た時には、すべてが予定どおり終わっていた。

「ご苦労さま。あとは、ぼくらがやっておくよ」

〈ゆめぐるま〉に帰ってみんなで遅《おそ》めのお昼ごはんを食べ、ようやくホッと、ひと息。

「今度の日曜が楽しみだね」

なんて、のんびり言い合っていたのに——。

事件《じけん》のあとに、また事件《じけん》。

マツバ台会館の「なぞ」は、まだ終わっていなかったんだ。

月曜の昼休みは、外掃除《そとそうじ》の当番だった。

体育館の裏《うら》にある倉庫へ、ほうきを片《かた》づけに行くと、体育用具置き場から知ってる声がするのを聞きつけ、足を止めた。

「あれほど言ったじゃない！」

この声はマツバ台地区のリーダー。なんだか、ひどく怒《おこ》っている。

「お花紙《はながみ》は薄《うす》くてバラバラになりやすいから、ちゃんとまとめて置いておいてねって。詩織ちゃんたち、大変だったらしいわよ」

「ぼく……。ちゃんと置いてきたんですけど……」

うつむいて答えているのは、サブリーダーだ。

「ゆかの上だとホコリだらけだし、風とかで散らばるかもしれないと思ってテーブルの上に……」

「あの会館にはテーブルなんてないわよ。うそつき！　自分の責任《せきにん》のがれのためにうそをつくなんて、最低よ」

リーダーがプンプンしながら、用具置き場の出入り口から出てきたので、とっさに倉庫の影《かげ》に隠《かく》れた。

たまたま通りかかっただけなのに、ぬすみ聞きしたと思われるのはイヤだ。

リーダーの後ろからサブリーダーがトボトボ出てきて、ひとり言をつぶやいた。

「ちぇっ。なんなんだよ、うそなんかついてないのに」

くやしそうなサブリーダーの背中《せなか》を見送ると、わたしは急に不安になってきた。

昨日のネコちゃん事件《じけん》のこと、調子に乗って、うっかりクラスで話しちゃったら、もうリーダーへ伝わっている。

犯人《はんにん》はネコなんだからサブリーダーに罪《つみ》はないのに、怒られてかわいそう。

しかも、うそつき呼《よ》ばわりまでされて。

けど、あの部屋には、テーブルなんてなかったもんなぁ。なーんにもないガランとした部屋だった。

クラスにもどり、ユッピとミサにも確《たし》かめてみたけど、

「テーブルなんて、あるわけないでしょ？　そんな話、もうやめようよ。事《じ》件《けん》は解決《かいけつ》したんだからっ！」

ミサにはしつこいと思われたらしく、逆《ぎゃく》に軽くキレられてしまった。

「……だよね。サブリーダーが、うそついてるんだよね、きっと」

そう答えたものの――――。なんだか、ふに落ちない。

昨日のネコちゃん事件には、もっとなにか隠《かく》されているような気がする。

自分の席でほおづえをつき、考えごとにしずんでいたら、

「よっ！『一年生と遊ぶ会』の準備《じゅんび》、進んでるか？」

浮《う》かれた声が、頭の上からふってきた。

ハリーが「おなやみゼロ」って顔で、すぐそばに立っている。

「バッチリやってるわよ。そう言うあんたは、どうなのよ？　あれから少しは手伝ったの？」

「へっへっへっ。六年がメチャクチャ張《は》り切ってるから、ヘタに手伝っちゃ悪いと思ってさ」

「やっぱ、サボってるのね。おんなじ地区じゃなくてよかった」

今度の日曜日は、マツバ台やフジミ団地《だんち》のほかにも『一年生と遊ぶ会』を開く地区が多いらしい。

五時間目が終わったあと、どことなく浮《う》き足だった教室に気づいた青山先生が、みんなを見まわしながら言った。

「週末に『一年生と遊ぶ会』をひかえた人も多いでしょう。準備《じゅんび》で忙《いそが》しいと思うけれど、勉強にはしっかり取り組みましょうね」

ずっとマツバ台会館での事件《じけん》のことを考えていて、授業《じゅぎょう》をぜんぜん聞いていなかったわたしは、ギクリ。青山先生の視線《しせん》は、ガッツリこっちにそそがれていた。

家にもどってからも、ずーっとサブリーダーの言葉が引っかかっていた。

マツバ台会館で起きたことをとりあえず整理してみよう、とノートを開いた。

「ネコちゃん事件からテーブル事件へ」と、一行書く。

それから先が……続かない。

シャーペンを放り出し、考えこむ。

サブリーダーは、ひとり言で「うそじゃない」ってつぶやいていた。確《たし》かに聞いたもん。

誰《だれ》も見てないところで、わざわざうそをつく人なんて、いる？

それとも、ほんとにテーブルがあったとか？

あったのに、四人とも見のがしていた……。

いやいや、そんなこと、ありえない。

マツバ台会館はガランとしていて、家具っぽいものは、なーんにもなかった。お花紙《はながみ》を集める時に、会館のすみからすみまで見たし。もし、すみっこにひっそりあったとしても、気づかないはずはない。

「どっちにしても、サブリーダーのために、『事実関係の確認《かくにん》』をしなくちゃ」

つい星野君の口まねが出て、ほっぺたが赤くなる。

「あら、詩織。今日は宿題、進んでるみたいねぇ」

ママが、たたんだ洗濯物《せんたくもの》を運んできた。

開いたノートを見て、かんちがいしたんだろう。

いつになく機嫌《きげん》よく、チェストに洗濯物をしまっている。

「う、うん。ユッピが来れなくてヒマだから……」

いつも〈ゆめぐるま〉でいっしょに宿題をやるユッピ。今日は家族とお出かけなんだって。

「宿題すんじゃったから、お店、手伝うよ」

さりげなくノートを閉《と》じて、ママといっしょに〈ゆめぐるま〉に下りてきた。考えてもわからないことにぶつかった時は、気分を変えなきゃ。

わたしは、お気に入りのマカロン柄《がら》のカラフルなエプロンをつけた。

「野菜の皮、むく？　それとも、お米、とごうか？」

「あら、今日はどういう風の吹《ふ》きまわしかしら？　それじゃあ、ナプキンとおはしの数を見ておいて。あと、お砂糖《さとう》とミルクのほうも」

「はーい」

お店のテーブルごとに、使い捨《す》てのナプキンやおはしが、最初からいくつかセットしてある。それに、飲み物用のスティックシュガーやポーションミルクも。

お客さんが使って減《へ》った分をチェックして、次のお客さんのために、おぎなっておく。

これが簡単《かんたん》なようで、わりと面倒《めんどう》な、お店の大事なサービスだ。

「えーっと、こっちの席はお砂糖《さとう》が少ないなぁ」

キッチンの戸だなからスティックシュガーの袋《ふくろ》を取り出し、つつ形のシュガー入れに、ぎっしり詰《つ》めこんだ。

「よしよし、これなら足りる」

と思って手を離《はな》した瞬間《しゅんかん》、シュガー入れが倒《たお》れ、そのとなりに並《なら》べてあったツマヨウジ入れまで倒れてしまった。

プラスチックでできたペパーミント色の、きれいなヨウジ入れ。これは、ママのおかあさん、千里《せんり》おばあちゃんが使っていた物らしい。

「うわっ、やっちゃった」

スティックシュガーのほうは、すきまなく詰めてあったので、倒れても一本もこぼれていなかった。だけど、ヨウジはテーブルいっぱい、むざんに飛び散っている。

「よけいな仕事を増《ふ》やしちゃったなぁ」

細いヨウジを一本一本つまんでいるうちに、なんだか最近、似《に》たような目にあった気がしてきた。そうだ、昨日のネコちゃん事件《じけん》。

「拾ってばっかりだなぁ、わたし」

ゲッソリしながら集め続け、ようやくあとちょっとのところまできた時、

「んんん？」

残された数本のヨウジの並《なら》び方に、ハッとした。

「これって……」

ナワ
確《たし》かに、そう読める。

一度、そんなふうに思うと、ヨウジじゃなく、文字にしか見えなくなってくる。

わたしは目をこすり、またじっと、散らばったヨウジを見つめた。

「ナワ……って、なに？」

思わずつぶやいたら、ママの声が飛んできた。

「一度、落としたヨウジは、もどさずに、ちゃんと捨《す》てるのよ」

ママはわたしの失敗を見のがしていなかった。

ちょっとイイ子にしていると、ママったら調子に乗って、おつかいまで、たのんでくるんだもん。

「ドラッグストアまで行ってくれない？　洗剤《せんざい》が切れそうなのよ」

「えーっ。めんどー」

ホントはまだ宿題が残ってるから、そっちをやるつもりだったのに。激安《げきやす》で有名なドラッグストアは、バス通りをわたった先。けっこう遠い。

お店のテーブルクロスやフキン類をきれいにするために、毎日たくさん洗剤を使うのはわかるけど。

「今日じゃなきゃダメ？」

ママはうなずき、もうお財布《さいふ》を用意している。

「おだちんとして三百円プラスしてあるから、ハミング通りの文房具屋《ぶんぼうぐや》さんで、かわいいシールでも買ってきたら？」

ティアラをかたどったキラキラシールに目をつけてること、ずいぶん前にママに話してたっけ。

それを覚えていて、じつにいいタイミングで出してくるなぁ。

ママの思わくどおりで、くやしいけど、貴重《きちょう》なおだちんをフイにはできない。

「行ってきまーす！」

お財布をにぎりしめ、夕方の町へ飛び出した。

まっ先にティアラのシールを手に入れ、バス通りをわたり、たのまれていた洗剤も買い終えた。

おなかもすいてきたし、さぁ帰ろうと思ったけど、ドラッグストアを出て急に考えが変わった。

そういえば、この店の裏道《うらみち》は、なだらかな坂になっていて、登っていけば『いこいの広場』につき当たる。広場のすみには、マツバ台会館がある。

「今日も、なにかやってるかな？」

町内会のおじさんやおばさんが、会館を使っているかもしれない。

「行ってみよう！」

散らばっていたお花紙《はながみ》のこと、いろんな人に言いふらしちゃって、サブリーダーを困《こま》らせたのは、わたしが悪い。

テーブルがあるかないか、もう一度、この目で確《たし》かめてみなきゃ。

空はまだまだ明るい。ほしかったシールもゲットして、元気が出てきた。

「もし、今日、テーブルがあったら……」

なにかの事情《じじょう》で、わたしたち四人がいた時だけ、そのテーブルが消えていたことになる。

「消えたテーブルのなぞ……。うーん、ミステリアスだわ」

夕ぐれの『いこいの広場』では、おそろいのスモックを着た、ちっちゃい子たちが、ママさんたちに見守られてボールで遊んでいた。

ベンチにはランドセル姿《すがた》の下級生の男子たちが集まり、無言で携帯《けいたい》ゲームをやっている。

昨日にくらべたら、かなり人が多いなぁ。

ここは小学校や幼稚園《ようちえん》に近いから、平日のほうが、にぎやかなんだろう。

「なら、マツバ台会館も開いてるな」

と期待して、茶色いドアにかけよった。

ところが――。

会館はシーンとしている。

ドアノブをまわしてみたけど、鍵《かぎ》がかかっていた。

「なーんだ。せっかく来たのに」

まさかドアをけとばすわけにもいかない。

しかたないから、壁《かべ》づたいにまわりこみ、窓《まど》から中をのぞいてみた。

夕日のさしこむガランとした部屋は、昨日よりずっと、さびしげ。

こうして目を大きく開けて観察したって、テーブルらしきものは見あたらない。

「ないよねぇ、テーブルなんて」

でも、サブリーダーが「テーブルの上に乗せた」と答えた時の口調《くちょう》が、忘《わす》れられない。

すごく自信を持った言い方だったし、ひとり言のこともあるし……。

うそをついてるとは、どうしても思えないんだよね。

サブリーダーが来た時だけ、部屋にテーブルがあった。

けど、わたしたちがいた時も、今も、ない。

だとしたら。

「サブリーダーが来る直前に、誰《だれ》かがテーブルを運びこんで、ミサたちがもどってくる前に、なぜかそれを片《かた》づけた」

そう考えるしかない。

ドアの前にもどって、しゃがみこんで下からのぞいたり、背《せ》のびして上のほうをうかがったり。

「ふむふむ。このドア、せまいけど、小さなテーブルくらいならスムーズに入れられそうだな」

だけど、そんなことをしたら、広場にいる人たちは気づいたはず。

ミサとモンは、わたしたちの帰りを待ちくたびれて、外へ出たって言ってたっけ。荷物を見張《みは》るという役目があるんだから、そう遠くまでは行かなかっただろう。

広場の一番はしっこまで出たとしても、そのあたりからマッバ台会館との間にさえぎる物はなく、よく見とおせる。

いくらなんでも、誰《だれ》かが大きな荷物をマッバ台会館に出し入れしてたら、わからないはずはない。

「しかも、しかもよ」

なんで、サブリーダーが来る、ほんのわずかな時間だけ、テーブルを用意する必要があったの？

ひょっとして、サブリーダーを〝うそつき〟においれるための、誰かの作戦？　そんな手のこんだことをする人、いるかなぁ？
「むむむむ、テーブルがどこかにありさえすれば、すべて解決《かいけつ》なのになぁ！」
夕ぐれの空が、だんだん色を濃《こ》くして、薄暗《うすぐら》くなり始めていた。
帰る前に窓《まど》のほうへまわり、もう一度だけ中をのぞいてみる。
やっぱり、なーんにもない。
奥《おく》の壁《かべ》に、昨日と同じようにベニヤ板や竹馬、なわ跳《と》びがあるくらい。
「ん？　なわ跳び…なわと……ナワ？」
頭の中に、さっきの飛び散ったヨウジがパッと浮《う》かんだ。
ナワって文字。
あれ、もしかしたら「なわ跳び」の意味かも……。
それが、この事件《じけん》を解決《かいけつ》するヒントだったりして……。

「んなわけ、ないかぁ。なわ跳びとテーブル。ぜんぜん関係ないもんね」

はぁー。なぞは深まるばかり。

手に持つドラッグストアのビニール袋《ぶくろ》が、やけに重く感じられた。


次の朝、登校してきたユッピに「おはよう」を言うより先に、「消えたテーブルのなぞ」について一気に話した。

「あのサブリーダー、うそついてる気がしないんだよねぇ。サブリーダーが来た時だけテーブルがあって、ミサたちがもどって来た時には、あと形もなく消えちゃった……。そんなこと、ありえると思う？」

「不思議だね。テーブルなんて大きい物だから、運びこんだとしたら、人に見られてるはずだよ」

「そうそう。わたしも、そう思って……」

昨日、マツバ台会館をひとりで探《さぐ》ってきた話をした。

ユッピに、

「やるねぇ！」

と、感心された。

「で、詩織としては、運びこまれた可能性《かのうせい》はない、って考えるわけね」

「うんうん」

わたしは激《はげ》しくうなずき、ひと呼吸《こきゅう》おいて答えた。

「だから――」

「だから？」

「見えないテーブルがあったってのは、どうかな？　サブリーダーには見えて、わたしたちには見えない」

「なによ、それ」

「魔法《まほう》だよ。わたしたちのいない間に、魔法使いがやって来て……」

ふくらむ想像《そうぞう》に、現実的《げんじつてき》なユッピは耳を貸《か》さない。

「運びこんでないとしたら、やっぱり初めからあったことになる。ふーむ。ちょっと冷静にならせて」

ユッピは腕組《うでぐ》みして、目を閉《と》じた。

「なんか、わかったの？」

はやく。はやく、聞きたい。ユッピの返事が待ち遠しい。

「落ち着け、落ち着け」

ユッピに、鼻先をチョンとふれられた。

「青山先生がよく言うじゃない？　ないものは、自分たちでつくればいいって」

「うん。こないだも言ってたね。ゼロから物をつくり出してきたのが、人間

「それをテーブルにあてはめるのよ。テーブルがないなら、つくればいい
の知恵《ちえ》だって」

「テーブルを……つくる？」

ユッピの考えてること、ぜんぜんわからない。

ユッピはあごに手をあてながら、わたしに聞いてきた。

「あの会館には、竹馬がいくつもあったよね？」

「うん。町内の運動会で使うんでしょ？」

「ベニヤ板も、あったよね？」

「うん、あったけど。それが、どうしたの？」

ユッピったら、マユにシワを寄《よ》せ、ものすごく真剣《しんけん》な顔をしている。

「ねえ、なに？　なに？」

「もしかしたら、テーブルができるかも！」

「できる……って？」

ユッピは、なにかを思い出したらしい。ポンッとひざをたたき、

「今日、詩織んちに、ヒントになりそうな本、持ってくね！」

はずんだ声を出した。

「なになに？　なんの本？」

「放課後まで、ひみつー」

「いじわる――！」


ひと足先に帰ったユッピは、言葉どおり一冊《いっさつ》の本をかかえて、〈ゆめぐるま〉にやってきた。

『ガールスカウト辞典』っていうハンドブックだ。

そして、おやつのチョコバナナクレープにも手をつけないで、話し始めた。

「わたしね、ずっと前からガールスカウトに憧《あこが》れてるんだ。だから、こんなの持ってるの。このページにね、キャンプの時のテーブルのつくり方が、図《ず》解《かい》されてるでしょ」

開いたページには、何本かの太い枝をロープで結んで組み合わせ、板を乗せ、見事《みごと》にそれらしくつくられたテーブルのカラー写真が載《の》っていた。

「そういえば、あの日もモンがガールスカウトの話、してたね。でも、いくらテーブルがつくれるって言ったって、あの会館には板くらいしかなかったよ」

「けど、竹馬もあったよね？」

ユッピの瞳《ひとみ》がキラリと光った。

「わたしの推理《すいり》では――。あの日、留守番《るすばん》してたミサとモンは、テーブルをつくっちゃったんだよ。竹馬を枝がわりに組んで、ベニヤ板を乗せて。つ

テーブル
②
④
立ちかまど
①
②
③
④

くり方は、きっとモンが、おねえさんから習ってたんだと思う」

「でもさ、これって結ぶものがないと、竹馬を組み立てられないよね？」

「うーん、そこが問題」

勢《いきお》いよく話していたユッピが、急にトーンダウンした。

「テーブルをつくるには、ロープが重要なのよねぇ」

「この図でも、いっぱいロープ、使ってるね」

「ロープの結び方を習うのは『ロープワーク』って言って、ガールスカウトやボーイスカウトの基本《きほん》みたいよ。キャンプなんかで役に立つんだって。結び方も、ほら、こんなに種類があるんだよ」

ユッピがちがうページを開いた。

そこには、ロープワークの例がいくつも載《の》っている。

「8の字結び」や「ねじ結び」、それにエビの形そっくりに結ぶ「エビ結び」

なんてのも。

「すごい！　知らなかった。ロープって、おもしろいね」

「でしょ？　しっかり結べば、かなりじょうぶらしいよ。だから、テーブルだって、つくれちゃう」

そう言ってから、ユッピはうなだれた。

「あの会館には、ロープなんて、なかったもんねぇ。わたしの推理、いいセンいってるかもって思ったけど、ちがってたかなぁ」

ハンドブックを力なく閉《と》じた。

「待って、待って」

わたしは、ユッピを応援《おうえん》したかった。

「どっかにあったかもよ？　思い出してみる。えーっと、えーっと」

昨日、見たばかりのマツバ台会館のようすを、頭の中にえがいた。

「壁《かべ》にベニヤ板が立てかけられてて、その横に何本も竹馬が置いてあって、壁のフックに、いっぱい、なわ跳《と》びがかかってて……」

「なわ跳《と》び！」

いきなりユッピに、ガシッと腕《うで》をつかまれた。

「それだよ！」

「？」

「ミサとモンは、なわ跳びをロープのかわりにして、テーブルをつくったんだよ。サブリーダーは、二人が外へ出てた時に、そのテーブルの上にお花紙《はながみ》を置いていったんじゃない？」

ユッピ！　君こそ、本物のシャーロック・ホームズだ！


よく日の休み時間、ユッピの推理《すいり》をミサに話した。

「バレちゃったかぁ」

ミサはあっさり認《みと》めて、舌《した》を出した。

「あの日、あなたたちが買い物へ行ったでしょ。あのあと、モンがテーブルをつくってくれたの。だって、ゆかにすわるの、イヤだったんだもん」

立ちっぱなしで機嫌《きげん》が悪くなったミサに困《こま》りはてたモンは、あたりを見まわし――ひらめいたらしい。

「ガールスカウトのおねーさんに教わったからって、モン、すごくじょうずに運動会用の道具でテーブルをつくっちゃったのよぉ。ほんとは、イスがよかったけど、ま、ガマンってことで」

そこにすわって、スマホのゲームをやり――そのうちにあきてきて、外へ出たと言う。

「モンと広場に出てる間に、あの紙の束がテーブルの上に届《とど》いてたのよ。でもさ、詩織や唯が帰ってきたら、『勝手に会館の物をいじって』って言いつけられるかもしれないから――」

もとどおりに片《かた》づけて、立ったまま、二人の帰りを待ったそうだ。

だけど、あまりにも遅《おそ》いから、もう一度、広場に出てみたんだって。

「モンのクラスの子たちが、広場のベンチで『ティーンズメイト』の最新号を読んでたの」

つい、いっしょに読んじゃって、時間を忘《わす》れて……。

お昼近くにもどってみると、あんな、たいへんなことになっていたというわけだ。

「ごめーんね、ほんっと、ごめん」

誰《だれ》にせめられるよりもはやく、ミサが両手を合わせ、頭を下げてあやまった。

「モンにテーブルを片づけてもらった時、上に乗せてあった紙の束をゆかに置いたのは、わ・た・し」

「……」

「わたしがゆかに置かなかったら、あんな事件《じけん》は起こらなかった。だから、犯人《はんにん》は、わ・た・し」

ずっと頭を下げっぱなしのミサ。

「もう、わかったから」

ユッピといっしょに、ミサに優《やさ》しく声をかけた。

「なにもミサがわざと事件を起こしたんじゃないし」

「でも、テーブルのこと、だまってて、ごめんね」

わたしは、ミサの肩《かた》を軽くたたいて言った。

「あやまるんだったら、サブリーダーにあやまりな。うそつきって思われてちゃ、かわいそうでしょ」

ミサがすべての事情《じじょう》をリーダーとサブリーダーに話し、ネコちゃん事件《じけん》、いや、テーブル事件は、今度こそ一件落着《いっけんらくちゃく》。

「ま、いろんなことを乗り越《こ》えて、楽しいイベントになるのよ」

と、リーダーはミサをなぐさめてくれた。

そして当日。

マツバ台会館は、色とりどりの紙のお花でいろどられ、見ちがえるように明るくなった。そこに、一年生たちのにぎやかな歓声《かんせい》があふれかえった。

上級生のチームワークもすばらしく、『一年生と遊ぶ会』は、予定どおりの楽しい会になった。

とちゅう、なぜかフジミ団地《だんち》のハリーが自分のとこをぬけ出して、こっちへまじり、誰《だれ》よりもはしゃいでいた。

ハリーって、おかしなやつだ。

でもまぁ、なんのトラブルもなく無事に終わって、よかった、よかった。

わたし的には、一年生たちがプレゼントのペットボトルカバーを「かっわいい！」と大よろこびしてくれたのが、なにより、うれしかった。

さんざん迷《まよ》ったかいがあった。

決めたのはユッピだけどね。


家にもどったのは、お昼過《す》ぎ。

〈ゆめぐるま〉のキッチンのすみで新しいナプキンを広げ、その上でそっと、予備《よび》のヨウジ入れを倒《たお》してみた。

もちろん、ママやパパに見とがめられないように、注意しながら。

「文字になんか、見えないよねぇ」

散らばったヨウジは、どう見ても、ただのヨウジだった。

今となっては、ナワと読めたのが夢《ゆめ》のような……。

もう一度、倒《たお》してみようかなと思った時に、

「詩織！　忙《いそが》しいのに、なに遊んでるの？　お皿、運ぶのを手伝って！」

と、ママの声。

日曜日の午後の〈ゆめぐるま〉は、お客さんでいっぱいだ。

作／田村理江《たむらりえ》

東京都生まれ。成蹊大学文学部日本文学科を卒業。日本児童文学者協会第15期文学学校を修了。『15期星』同人。おもな作品に、『リトル・ダンサー』『ひみつの花便り』（共に国土社）、『夜の学校』（文研出版）、『コスモス・マジック』（フレーベル館）など。
脚本作品に『空気のようなボクだから』（NHK東京児童劇団第45回公演）。
ホームページアドレス
http://www7b.biglobe.ne.jp/~hon/

絵／pon-marsh《ぽん まーしゅ》

福島県出身、在住。『イチゴの村のお話たち』（学研教育出版）で児童書の装画を初めて担当。その後、文庫等の装画や挿絵等を中心に活動している。

おもな作品に『みつばの郵便屋さん』（ポプラ社）、『向日葵のかっちゃん』（講談社）、『水沢文具店』（ポプラ社）など。

あたたかい気持ちになれるような絵を目指して奮闘中。

謎解《なぞと》きカフェの事件《じけん》レシピ

ゆめぐるま

Recipe《レシピ》 1　ヒントはカフェに現《あらわ》れる？

作　田村理江

絵　pon-marsh

装幀　水崎真奈美

2018年10月10日　初版1刷発行
2023年10月30日　初版2刷発行

発行　株式会社　国土社
〒101-0062　東京都千代田区神田駿河台2-5
TEL 03-6272-6125　FAX 03-6272-6126
印刷・製本　モリモト印刷株式会社

落丁本・乱丁本はいつでもおとりかえいたします。
NDC913　ISBN978-4-337-04001-4　C8393